生命都是圓柱體

文 本川達雄　圖 山本睦仁

譯 賴庭筠　審訂 林大利（特有生物研究保育中心助理研究員）

步步出版

蝴蝶的翅膀扁扁的、薄薄的、平平的。

蜻蜓的翅膀也扁扁的。為什麼扁扁的呢？

一個立方體橫切成一半，就會出現兩個扁扁的四角柱。將兩個四角柱排列在一起時，不僅表面看起來與一個立方體不同，也比一個立方體扁了許多。

重複相同的動作，將立方體橫切成一半並排列在一起。
當整體越來越扁時，面積也就越來越大。

當蝴蝶、蜻蜓揮動扁扁的翅膀，將大量的空氣往下壓，就能在空中飛舞。為了將大量空氣往下壓，翅膀要有寬寬的面積比較好。所以蝴蝶、蜻蜓有扁扁的翅膀，鳥也是如此。

魚鰭也是扁扁的。扁扁的、寬寬的魚鰭能將水往後壓，使魚順利向前游。

大象的耳朵也是扁扁的、寬寬的。寬寬的耳朵能輕鬆捕捉到聲音。接收衛星訊號的圓弧形小耳朵也是扁扁的、寬寬的，能輕鬆捕捉到電波。

聽不清楚時，我們會將手
掌放在耳朵旁邊。如此一
來，就會形成扁扁的、寬
寬的圓弧形，輕鬆捕捉到
聲音。

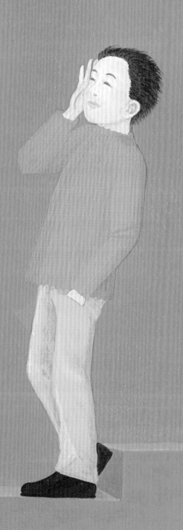

植物有些地方也是扁扁的。

例如葉片。植物必須收集陽光才能製造養分，扁扁的、寬寬的葉片能
收集到大量陽光。所以葉片扁扁的。

花瓣也扁扁的。

植物之所以有花瓣，是為了吸引昆蟲來搬運花粉。花瓣寬寬的，昆蟲在很遠的地方也能看見。所以花瓣扁扁的。

手掌心

1　　手牽手　手掌心
　　　張開手　手掌心
　　　平平的　扁扁的
　　　扁扁的　形狀
　　　寬寬的　面積

　　　掬水來喝的時候
　　　緊握鐵棒的時候
　　　手掌心都很好用呢

2　大象　大象
　　耳朵呀　好大喔
　　大大的　扁扁的
　　扁扁的　形狀
　　寬寬的　面積

　　捕捉聲音的時候
　　搧風納涼的時候
　　大耳朵都很好用呢

3　油菜花上　有蝴蝶
　　蝴蝶翅膀　扁扁的
　　油菜葉片　扁扁的
　　扁扁的　形狀
　　寬寬的　面積

　　葉片捕捉陽光的時候
　　翅膀擠壓空氣的時候
　　扁扁的形狀很好用呢

11

所有生物的身體都扁扁的嗎？

我們的身體也扁扁的嗎？

手掌心扁扁的，但手指頭圓圓的、長長的。

手指頭是圓柱體。

手臂呢？手臂也是圓柱體。腳呢？腳也是圓柱體。

脖子呢？圓柱體。軀幹呢？圓柱體。全部都是圓柱體。

立正站好！我們整個都是圓柱體呢。

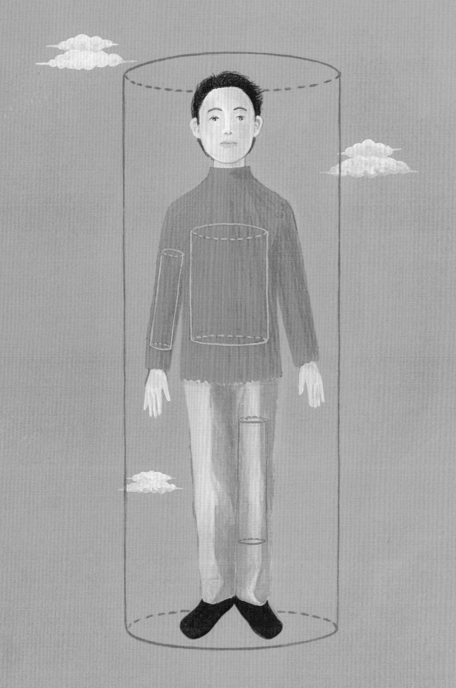

蚯蚓是圓柱體，蛇也是圓柱體。
牠們的身體都是圓柱體。
鰻魚也是圓柱體，泥鰍也是圓柱體。
鮪魚呢？企鵝呢？
都是圓柱體。

蝴蝶的身體也是圓柱體。
圓柱形的身體加上扁扁的翅膀。
蝴蝶還是毛毛蟲的時候，
也是圓柱體。

15

家裡的貓呢？
貓的頭圓圓的，但身體是圓柱體、
四隻腳也是圓柱體。
捲在一起的尾巴也是圓柱體。
狗也是這樣。

家裡的鸚鵡呢？
為了能在空中飛，鸚鵡有扁扁的翅膀。
不過鸚鵡的身體是圓柱體，腳也是圓柱體。

在動物身上，能看見好多好多圓柱體。

植物呢？

葉片扁扁的，但連結葉片的樹枝是圓柱體。

連結樹枝的樹幹是圓柱體、樹根也是圓柱體。
在植物身上，也能看見好多好多圓柱體。

為什麼生物都是圓柱體呢？

請你拿一張攤開的報紙，試著讓它直立──你會發現那是不可能的。
即使橫著拿，報紙也會垂下來，無法維持水平。

如果先將報紙捲起來呢？捲起來的報紙不僅能直立，橫著拿也能維持
水平。捲起來的報紙能維持固定的形狀。捲起來的報紙能敲打，攤開

的報紙無法敲打。因為報紙攤開的時候，輕飄飄的，遇到外力就會變形；
而捲起來的報紙是圓柱體，只要外力不是太強就不會變形。圓柱體真是
強大！

為了運用陽光製造養分，植物需要許多葉片。可是如果植物只有扁扁的葉片，就只能伏臥在地面上水平生長。

這時圓柱體就派上用場了！
樹幹、樹枝是圓柱體。樹幹越長越高、樹枝越伸越廣，葉片才得以茂密生長。這麼多的葉片一定很重吧，不過強大的圓柱體足以支撐，就像能容納許多人的高樓大廈，樹木也是以圓柱體承擔一定的高度與重量。

仔細看扁扁的葉片，會發現一條一條的紋路，那是葉脈。葉脈也是圓柱體。為了避免葉片無法完全伸展，必須以圓柱形的葉脈支撐。因為有葉脈，扁扁的葉片才能完全伸展，吸收大量的陽光。

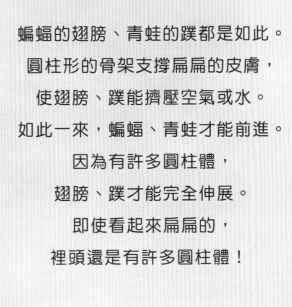

昆蟲的翅膀也是如此。
扁扁的翅膀裡有一條一條的紋路，
那是翅脈。
圓柱形的翅脈使翅膀能維持固定的形狀。

蝙蝠的翅膀、青蛙的蹼都是如此。
圓柱形的骨架支撐扁扁的皮膚，
使翅膀、蹼能擠壓空氣或水。
如此一來，蝙蝠、青蛙才能前進。
因為有許多圓柱體，
翅膀、蹼才能完全伸展。
即使看起來扁扁的，
裡頭還是有許多圓柱體！

我們的腳圓圓的、長長的、細細的，是圓柱體。

為什麼是圓柱體呢？

1. 腳如果方方的不僅行動不便，尖角也容易損傷。

   如果圓圓的，無論往哪個方向彎曲都很強韌。

   所以腳圓圓的。

2. 為了走快一點，步伐越大越好。

   所以腳長長的。

3. 腳如果胖胖的就會變重。

   長度相同時，越細就越輕，

   行動也比較方便。

   所以腳細細的。

腳又細又長又圓，

所以是圓柱體。

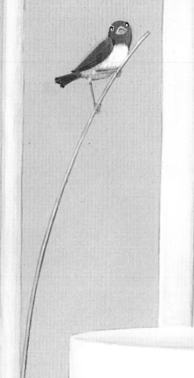

然而腳也不能太長、太細，
否則無法支撐體重也很容易斷掉。

圓柱體繪畫歌

⑥嘩啦啦、嘩啦啦、
　嘩啦啦、嘩啦啦、
　一陣海浪拍過來。

⑤站起來、站起來
　四隻細細長長的圓柱體，
　穩穩的跑啊跑　跳啊跳。

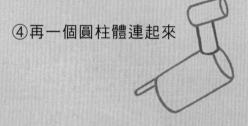

④再一個圓柱體連起來

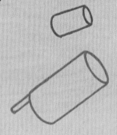

③空中一個圓柱體

② 尾巴一條細的
　　圓柱體

① 胖胖的圓柱體
　　躺下來

⑦ 嘴巴晚上
　　鎖起來。

⑧ 鼻子兩個
　　小點點。

⑨ 耳朵兩瓣
　　小辣椒。

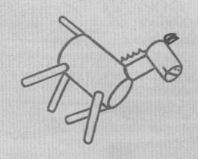

⑩ 畫龍點睛
　　點一點。

⑪ 一匹馬畫好了，
　　一匹馬畫好了！

生物之所以都是圓柱體，還有其他原因。
那就是，生物的身體有一半以上是由水組成。

身體裡寬廣的空間稱為體腔，
體腔內充滿體液。
因此動物的身體就像個水球。
氣球的橡膠部份是皮膚、
水的部分是體液。
我們平時看見的動物幾乎都有體腔，
稱為真體腔動物。
人類也是真體腔動物。
體腔內有體液，
而胃、腸、肝、腎等內臟都
浮在體液裡。

皮膚猶如裝滿水（體液）的袋子──
這就是動物的構造。

氣球圓圓的。

柔軟的氣球可以裝滿氣體，也可以裝滿液體。

如此一來，氣球就會變得圓圓的。

動物柔軟的皮膚裡裝滿體液，

因此身體看起來都像是一個圓柱體。

為什麼不是球體呢？

有沒有什麼動物是球體呢？

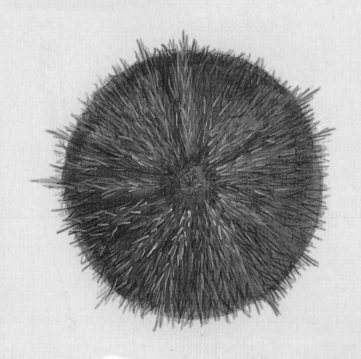

膨脹的河豚？捲起來的鼠婦？躺在暖桌上的貓咪？

球體的動物⋯⋯怎麼想都想不到⋯⋯

啊，有了。海膽雖然有許多硬棘，但的確是球體。

為什麼圓柱體的動物遠比球體的動物來得多？
答案與動物必須「移動」密切相關。

能迅速移動的物體大多細細長長的，
像是新幹線、火箭、飛機、船等交通工具。
這些交通工具向前進時必須擠壓空氣或水，
因此前端的面積越小，遭受的阻力也越小。
如此一來，才能迅速移動。

動物也是如此。
我們的祖先是海中的生物。
為了迅速移動，最好細細長長的。
因此動物大多是圓柱體，而不是球體。
如果細細長長的，
遇到危險時就能鑽進縫隙裡。

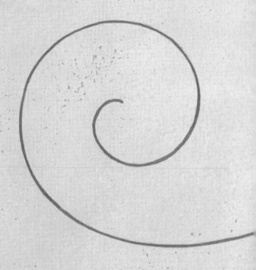

海膽是球體，不太移動。
因為海膽有許多硬棘，所以不需要躲藏。
應該是因為這樣，
海膽才不需要長成細細長長的。

大家都是圓柱體

1. 生物圓圓的，不是尖尖的。
   圓圓的、細細的、長長的，
   圓滿、圓相、圓柱體。
   蠶寶寶、海參、蛇還有蚯蚓，
   大家都是圓柱體。

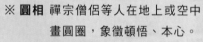

※ **圓相** 禪宗僧侶等人在地上或空中
   畫圓圈，象徵頓悟、本心。

2. 我的手腳是圓柱體。

　　小狗的身體與尾巴是圓柱體。

　　樹根、樹幹與樹枝是圓柱體。

　　動物、植物與我們都是圓柱體。

　　大家都是圓柱體。

生物大多是圓柱體。圓圓的而不是尖尖的。
生物就像水球一樣，柔軟而富有彈性。

接下來，觀察一下周遭的事物。
桌子硬硬的、方方的。
書櫃硬硬的、方方的。
電視是角柱體、衣櫥是角柱體。
房間也是角柱體。
牆壁、地板、天花板，
都硬硬的、方方的。
事實上，房子本身也是硬硬的、方方的。

我們身邊充滿硬硬的、
方方的物體。
人類創造的物體大多尖尖的、
方方的、硬硬的。
然而生物大多圓圓的、軟軟的。
為什麼這麼不一樣呢？

圓圓的、軟軟的人類創造方方的、硬硬的物體⋯⋯
好有趣呀！

作 / 繪 者 介 紹

文 / 本川達雄

1948 年出生於日本仙台。東京大學理學院生物學系畢業。現任東京工業大學大學院生命理工學研究科教授。研究海參,以歌唱生物學家而為人所知。著有《與海參一同邁向世界和平》、附 CD 的《歌唱生物學——必修篇》、《「長壽」將毀了地球》(以上由阪急溝通出版)、《珊瑚礁之海》《大象的時間與老鼠的時間》(以上皆為不可思議傑作集系列,由福音館書店出版)等作品。

圖 / 山本睦仁

1966 年出生。日本大學理學院應用物理學系畢業。1990 年成為自由接案的插畫家,活躍於書籍裝幀、雜誌插圖等領域。

生命都是圓柱體

文／本川達雄　圖／山本睦仁　譯／賴庭筠　美術設計／李鴻霖

編輯總監／高明美　總編輯／陳佳聖　副總編輯／周彥彤　行銷經理／何聖理　印務經理／黃禮賢

社長／郭重興　發行人暨出版總監／曾大福　出版／步步出版 Pace Books　發行／遠足文化事業股份有限公司

地址／231 新北市新店區民權路 108-2 號 9 樓　電話／02-2218-1417　傳真／02-8667-2166　Email／service@bookrep.com.tw

客服專線／0800-221-029　法律顧問／華洋國際專利商標事務所 蘇文生律師　印刷／卡樂彩色製版印刷有限公司

初版／2019 年 5 月　定價／320 元　書號／1BSI1052　ISBN／978-957-9380-36-2